Enigma del gato ciego
Rebeca Becerra Lanza

Enigma del gato ciego
Rebeca Becerra Lanza ©
Primera edición, Casasola Editores, 2021
Diseño y diagramación de Óscar Estrada
Diseño de portada de Knny Reyes
70 páginas, 5.5" x 8.5"

ISBN-13: 978-1-942369-63-9
ISBN-10: 1-942369-63-8

Impreso en Estados Unidos
Derechos Reservados Casasola Editores, 2021
Casasola Editores ©

215 East Hill Rd. Brimfield MA. 01010

Rebeca Becerra Lanza es poeta, narradora y ensayista. Licenciada en Letras con Orientación en Literatura por la Universidad Nacional Autónoma de Honduras (UNAH), Diplomada en Historia del Arte y Procesos Creativos por la UNAH-CAC, Diplomada en Literatura Infantil y Juvenil Centroamericana, Panamá y República Dominicana por la Universidad de San Carlos Guatemala y la FILIJC. Cofundadora del Taller de Poesía "Casa Tomada" (1992) dirigido por el poeta nacional José Luis Quesada, cofundadora de la Asociación Nacional de Escritoras de Honduras (ANDEH), cofundadora de Ixbalam Editores (2000), co-fundadora de la Federación Centroamericana de Escritoras (2000), cofundadora de la Asociación Hondureña de Literatura Infantil y Juvenil (AHLIJ). Recibió en el año de 1992 por su libro *Piedra y luna* el Premio Único Centroamericano de Poesía "Hugo Lindo" en la República de El Salvador. Su libro de cuentos *Enigma del gato ciego* fue escogido por la Editorial Universitaria para su publicación en la primera convocatoria (2018-2019) que se realizó a nivel nacional e internacional.

Publicaciones: *Sobre las mismas piedras* (Honduras 2004), *Las palabras del aire* (Honduras 2006), *Persuasión de las cosas* (Costa Rica 2016), *Del tiempo* (antología) (El Salvador 2016), *Camila* (Honduras 2017). Su trabajo poético ha sido traducido al inglés, italiano, armenio y próximamente al griego.

Enigma del gato ciego

Rebeca Becerra Lanza

ÍNDICE

ARGOS O EL PODER DE LA MIRADA

†

Sin frases hiperbólicas, como si fuese el orden normal de las cosas, la presencia de lo extraño, insólito y fantástico, que en algunos momentos traspasa la frontera del horror, campea en los bien elaborados cuentos de Rebeca Becerra. Cuentos en los que se ha esfumado toda intención mimética para dar paso a la fuerza simbólica del lenguaje convertido en metáfora de un universo controlado por fuerzas oscuras y perversas. Cuentos que dicen más de lo que enuncian. Que primero desconciertan pero que después sorprenden por su acabado diseño tras el cual se perciben las huellas de la profunda incertidumbre contemporánea en un espacio global en donde el ser humano ha perdido las certezas que le inyectaban fe y optimismo. Una debacle generalizada en donde casi no se vislumbra la posibilidad de recuperar el mítico paraíso. En el horizonte, el muro, la caída libre y la puerta con doble cerrojo.

Con precisión e intensidad, cada texto tiene su propia lógica y constituye un universo cerrado y autosuficiente. El pequeño hombrecito —homúnculo sería la palabra que lo define— devorando niños y cavando un agujero siniestro que engulle lo que hay a su alrededor. Los trompos, reflejos de vidas humanas girando como las infinitas partículas de polvo perceptibles en un rayo de luz, motivo único en los lienzos de Sofía, pintora "experta en espejismos". El haz luminoso multiplicado por los grandes espejos que dibuja arabescos y la transmutan en luz, quizá reflejo de la emoción que atraviesa y envuelve su cuerpo. Sofía, la mujer, y los polivalentes cuadros como entidad única. Similarmente la enigmática fotografía cambia de formas y comporta ominosos presagios. Nada es estático. La realidad es lábil, evanescente, y relativa.

Vigila Argos, el gato ciego cuya condición de ciego conlleva cien ojos de visión permanente. Imposible escapar a la mirada hipnótica que ve más allá de lo aparente. Símbolo que se duplica en otro texto cuando una sola mirada basta para penetrar en un conglomerado social sometido al escrutinio abusivo de su intimidad personal, tal como lleva a cabo un misántropo mentalmente perturbado: el conserje-aseador violador de la correspondencia, calco del ojo ubicuo del subterráneo y maquiavélico control social. Un mundo en donde, pese a seguir las instrucciones, fallan las mágicas recetas de consumo fácil y también las expectativas de rehacer los lazos afectivos rotos por el tiempo, la desconfianza o la antisolidaridad. Todo se desmorona en el micromundo de cada personaje. Todo se resquebraja en el amplio de la esfera planetaria.

A manera de los célebres versos que Dante Alighieri esculpió en el frontispicio del infierno, el primer cuento del libro inserta una frase que bien puede tomarse como la síntesis de las otras vidas que la escritora imaginó: "Barrio El Calvario, callejón sin salida", expresión que evoca lecturas sobre seres aherrojados por cárceles interiores de muros insalvables y avocados al suicidio como única forma de forzar la evasión hacia la nada y el olvido. El existencialismo y sus novelas memorables lo hicieron tangible.

Pero también Rebeca Becerra hace lo propio. Traduce el desamparo del ser humano actual atrapado por todos los miedos e inseguridades, sentimientos artificiales creados por fuerzas maquiavélicas que, como el hombrecito, después de satisfacer su antropofagia, sacuden la mota de polvo de su impecable traje y dan el salto hacia un nuevo atropello a la dignidad individual y colectiva. La indefensión frente a poderes extraños e incontrolables es una de las ideas-fuerza en los cuentos de la autora. Ese es el enigma que esconde la mirada impasible y ciega del gato.

Magnífico título en la compilación de historias unificadas por una atmósfera ominosa y opresiva en las que se palpa una violencia soterrada, fluctuante e indefinida. En donde no hay derrota de los "malos". El cuento del hombrecito, después del cataclismo que provoca, remata en dos o tres frases que expresan su frialdad y desparpajo: "se quitó el sombrero para sacudirlo, también sacudió del traje negro algunas gotas de lluvia. Dio un brinco y desapareció entre la apacible neblina de la madrugada". Triunfa, también, el conserje fisgón de vidas ajenas que se ufana de su hazaña: "El techo se ha llenado de palabras, mi vida se ha llenado de palabras. Nadie lo sabe, solamente yo, yo, un maldito conserje-aseador que quizás ha podido leer el corazón del mundo".

En los dos cuentos anteriores sabemos qué fue lo que pasó. La incertidumbre surge cuando la circunstancia es amorfa y se desintegra frente a los ojos del lector. Cuando solo se presiente su naturaleza o su desenlace, pero no se puede confirmar. La indefinición en la autoría de un manuscrito que sugiere un suicidio inminente. La malévola fotografía, también heraldo de muerte. Y, sobre todo, el juego de espejos en donde un doble, como lo es todo ser humano respecto del Otro, no establece los puentes de comunicación y provoca desenlaces trágicos. Abierta o en forma soterrada, omnipresente es la muerte, hilo conductor que atraviesa todo el libro.

El juego de espejos suscita lo ambiguo y elimina la cómoda certeza. Un hombre vigila a otro, conoce cada movimiento de su vida y comparten los mismos gustos. Al interior del mundo narrado ¿estamos frente a la realidad o es la alucinación de un perturbado mental? ¿Es una traducción ficcional de la teoría de los multiversos y la autora propone la existencia de una especie de resquicio o portal para pasar de un universo a otro? Como variante de la misma idea, en otro cuento, Sofía comenta: "Yo soy un reflejo de mi madre, [...] ella puede ser a su vez el reflejo de alguien más. También vos podés ser tan solo un reflejo. Quizás yo solamente sea ese hilo delicado de viento fresco que penetra ahora por la ventana y te recorre la piel".

¡Qué bien por Rebeca Becerra que trabajó sus textos narrativos con la misma precisión de su legado poético! Con la fuerza de las poderosas imágenes que construye. Pero, sobre todo, qué bien por la cuentística hondureña que se enriquece con *Enigma del gato ciego*.

Helen Umaña

29 de agosto de 2017

El manuscrito

Llegó temprano ese día. Siempre lo veía llegar a las siete en punto, después de salir de la editorial. Seguramente, pensé, no había mucho trabajo. El parque casi siempre estaba vacío. Nunca supe el porqué. Era un lugar especial en el centro de la ciudad, los demás se mantenían llenos de ruidos de paseantes y gritos de vendedores. La banca donde se sentaba quedaba justo frente a mi apartamento, así que podía verlo sin dificultad desde mi ventana. Alquilé este apartamento porque la dirección me pareció un irónico resumen de mi vida: "Barrio El Calvario, callejón sin salida".

Al principio lo observaba sin curiosidad. Un hombre solitario en un parque solitario. No me llamó la atención hasta que lo vi escribiendo en una libreta. Luego una noche soñé con él. Soñé que trabajaba en una editorial. Pude verlo sentado frente a su escritorio revisando manuscritos. Al día siguiente, frente al espejo, me pregunté por qué había soñado con él. No lo conocía y me parecía tan insignificante. No pasó mucho tiempo antes de que aquel hombre captara toda mi atención.

Después de un par de meses comencé a regresar a casa

más temprano. Preparaba mi comida con tranquilidad y después de comer fumaba uno que otro cigarrillo; un impulso misterioso, más preciso que la alarma de un reloj, me obligaba a acercarme a la ventana, siempre a las siete en punto. ¿Acaso había algo que yo debería vaticinar? Me alejé de la ventana para prepararme un café, al hacerlo sentí que había regresado de un lugar que no conocía, de un misterioso agujero. Volví a la realidad preguntándome cosas que estaban de pronto en mi memoria, ¿cómo sabía yo que ese hombre era un fracasado?, ¿cómo pude adivinar que todos sus sueños se encontraban tirados por las calles y callejones que, noche tras noche, recorría hasta el cansancio? No lo había visto antes de sus visitas al parque y no recuerdo que nos hayamos cruzado alguna vez en esta ciudad tan pequeña. Entonces, ¿por qué sabía tantas cosas acerca de su vida? El sonido de la cafetera me obligó a volver en mí. Mientras me servía una taza de café, vi sobre la mesa un termómetro ambiental. La noche estaba más fría que las anteriores. Seguramente el hombre tenía las piernas congeladas, aunque era probable que no se hubiera percatado de ello, porque cuando uno está tramando, construyendo su muerte, no siente frío ni calor. Asustado, sacudí la cabeza, pero por qué tenía que saber yo que aquel hombre estaba tramando su muerte y buscaba una forma de morir.

Regresé a la ventana. Él continuó sentado en la misma posición. Me pareció que perdía la mirada en cualquier cosa, en una hoja que caía, en un pedazo de basura que arrastraba el viento. Supe de inmediato que él conocía perfectamente el lugar, cada banca del parque, cada árbol, cada tonel de desechos, cada inscripción en las paredes. Yo sorbía el café lentamente, sin dejar de verle; creí que fijaba su mirada en mi ventana iluminada por una pequeña lámpara, yo me asustaba, me empequeñecía y me veía como una miserable hormiga, luego como una minúscula mota de polvo y al final desaparecía, no era nadie. Él seguía con la vista fija, como si yo no existiera, como si sólo viera la ventana vacía. Luego, él bajaba la mirada y me sentía crecer como una planta, hasta volver a ser el de antes y tener conciencia de mí mismo.

Al pasar por la calle los faros de un auto lo iluminaron por un instante. Llevaba una camisa a cuadros de franela roja, en el pecho asomaba una camiseta de cuello negro justo como a mí me gustaba. Permaneció ahí un rato más, luego se puso de pie y se marchó. Cuando dobló por la esquina, me invadió la angustia de una pérdida irreparable y me di cuenta de que mi vida, miserable y monótona, se parecía a la de aquel hombre. Me pregunté por qué no corría tras él y le preguntaba una y mil veces, ¿por qué?, ¿por qué?.... Pero qué podría responderme, si él no sabía lo que yo sentía, ni lo que quería. Opté por tomar otro café y algunos tranquilizantes. Corrí las cortinas de la ventana, mi cerebro trabajaba buscando las posibles coincidencias que me unían a ese hombre. Nos parecíamos, algo tenía yo de él, y él algo de mí. Las imágenes venían a mi mente, lo vi atravesar varias calles y avenidas y entrar en su casa, colocar la libreta sobre el escritorio, preparar una taza de té, pero ¿por qué tomaba té si a mí no me gustaba? Sentí el trago amargo pasar por mi garganta, él hizo un gesto de rechazo, yo tenía razón: tampoco le gustaba el té. Con la taza en la mano se dirigió hacia el escritorio, tomó un manuscrito, y se puso a leer en voz alta:

Había tomado la decisión de no despedirse de ella, de abandonarla a su suerte, no por dureza de corazón, sino porque temía flaquear en el último instante. Pero su voluntad le falló cuando empezó a respirar el aroma de las flores que le recordaban otros momentos, otros lugares. Cruzó el salón sintiendo que las piernas le temblaban y que no serían capaces de sostener el resto de su cuerpo. En efecto, una mirada a través del cristal fue suficiente. Se abrazó al ataúd gimiendo como un niño: "Mamá, mamá no te vayas, perdóname, perdóname".

Una lágrima rodó por mi mejilla. Paró de leer y se quedó con la mirada perdida en la pared.

El día era espléndido, no sentía cansancio ni desvelo, al contrario, me sentía lleno de vida, como cuando de niño esperaba con ansias la mañana para salir al bosque. Bajo la ducha me acordé de lo ocurrido la noche anterior. Todo mi cuerpo se estremeció y sentí ganas de vomitar, la desesperación me volvió a invadir, pero no era la misma de los días anteriores, era diferente, aceptable, necesaria: tenía que verlo. Tenía que esperar que pasara el día, ir al trabajo, regresar y esperarle. No sería tan difícil, después de todo sabía que lo vería esa noche. No era una esperanza, era más una certeza.

Tomé el desayuno en el café de siempre, nunca cocinaba por falta de tiempo, tenía un Volkswagen gris heredado de mi padre, un auto fiel que jamás me había fallado a media carretera. En él me transportaba todos los días a la academia a impartir mis clases de dibujo. Mientras manejaba, pensaba en él. Pude ver su casa vacía, había salido temprano para la editorial, dejando el manuscrito tan tentador sobre el escritorio.

Esa tarde, al regresar, decidí esperarlo en el auto. Podría verlo más de cerca. Quizás hasta le hablaría y lo invitaría a tomar un café. Cuando consulté mi reloj eran ya las siete y quince de la noche. Empecé a impacientarme. Abrí la guantera y saqué un frasco de tranquilizantes. Lo golpeé contra la palma de la mano y me eché el puñado de pastillas a la boca. Bajé el vidrio. Hacía demasiado frío para que viniera, pero lo seguí esperando tan fiel como un perro. Cuando ya no soportaba la impaciencia, subí a mi apartamento y me serví un whiskey. Lo sorbí lentamente junto a la ventana y seguí bebiendo hasta terminar una media botella, mientras recorría el parque con la mirada. ¿Dónde se había metido?, ¿tendría algún contratiempo?, ¿alguna enfermedad? La espera se volvía insoportable. Consulté el reloj, las diez de la noche, ya era imposible que viniera. A esa hora se marchaba. Súbitamente, algo detrás de un arbusto se movió, un bulto pequeño que se confundía con las sombras. Pensé que se trataba de un perro o de un niño de la calle, pero cuando salió a la luz de una farola lo identifiqué. Había estado todo el tiempo detrás del arbusto, observándome, descubriéndome. Me sentí humillado, traicionado; había observado de cerca el sufrimiento reflejado en mi rostro, la desesperación en mis ojos, el nerviosismo de mis manos. Su mirada y la mía se encontraron en el aire. Sentí nauseas, repulsión, odio, pero también sentí amor, atracción y, sobre todo, desesperanza; sus ojos me habían herido, él se marchaba rápidamente, me dejaba agonizante.

Amaneció y yo seguía frente a la ventana parado como un maniquí. Lo vi de nuevo, frente a su escritorio, tomando unas hojas de papel y lápiz, comenzó a escribir, su rostro resplandecía, relucía de felicidad; en el mismo instante que su lápiz tocó el papel, mi cuerpo empezó a cobrar vida.

"El hombre caminó lentamente hacia el dormitorio, abrió la gaveta principal de la cómoda, en ella había toda clase de pinceles, óleos, acrílicos y otros materiales de pintura. Los hizo a un lado. No era eso lo que buscaba. Tomó el arma, la sopesó con una mano y luego apoyó el cañón contra su frente. Cerró los ojos. Era el momento de tomar una decisión".

Terminó de escribir y se levantó satisfecho. Yo estaba perturbado, me dolía la cabeza y decidí dormir por un buen rato. Cuando desperté supe que necesitaba compañía. Pasé la tarde con algunos amigos, tomando en un bar. A lo largo de la plática discutimos sobre varios temas de arte, en particular de pintura. Me sentí incómodo y abandoné el bar. Regresé a casa completamente ebrio. No recuerdo cómo encontré el camino hacia la cama. Al día siguiente, sin dar explicaciones, renuncié a mi trabajo en la academia y me dirigí al apartamento.

Me serví un trago y me paré frente a la ventana. No sabía si lo vería llegar al parque y sentarse en la misma banca de siempre o si volvería a verlo frente al manuscrito, con el rostro resplandeciente, seguro de sí mismo, seguro de todo.

Afuera había comenzado a llover. Jamás había tenido un arma, pero no me sorprendió encontrar una en el cajón de la cómoda. Si llegaba al parque me bastaría con abrir la ventana. Tenía el ángulo adecuado. Si no se presentaba y lo veía esgrimiendo el lápiz, ya sabía lo que me iba a suceder. No sentí temor, solo alivio. Sin importar lo que sucediera muy pronto, esta historia, nuestra historia, llegaría a su final.

Tegucigalpa, Honduras, 1989

Sopa marinera

¿Por qué? Si a mí no me gusta cocinar. Llenarme las manos de comida: grasa, salsa, azúcar, sal... Y pensar que este es el primer paso. Luego tengo que preparar la mesa y servirle. Me dijeron que primero echara a cocer el pulpo porque es demasiado duro, rígido. En seguida tengo que cocer las pobres jaibas. ¡Ah! se me olvida el caracol. Lo último es lo peor, levantar la mesa y lavar los platos. Tengo mucho miedo y esto que no se ablanda.

Veinte años. ¡Dios mío! ¿Seremos iguales? ¿Cuántos y cuántas habremos sido en veinte años? ¿Habrá tenido novias o amantes? ¿Estará casado? Yo sé que todavía me ama, recuerdo aquel día, parados al filo de aquella colina, desde donde podíamos apreciar toda la ciudad. La ciudad diminuta que parecía se proyectaba desde nuestros pies. Llovía. Nuestros cuerpos estaban completamente empapados. La camisa blanca que llevaba se me pegaba a la piel. Mis senos, ¡qué bellos eran!, perennes, se precipitaban, querían volar. Mi cintura, veintidós pulgadas. También se dibujaba bajo la camisa.

Ya pasaron veinte minutos, tengo que cocer los camarones, ¡ah qué rico huele!, le pondré una libra.

Ahora tengo treinta pulgadas. Qué pensará él cuando me mire, cuándo me observe detenidamente y vea mis canas que aplastan la negrura de mi pelo para abrirse paso y quedarse.

No soporto el olor del pescado, ¿cuánto me dijeron que le agregara?, con una libra seguro que es suficiente. Total solo somos nosotros dos.

Allí parados en esa colina, él me abrazó por la espalda. Su mano me recorrió como una ráfaga de viento, haciendo estremecer mi hoja, siempre fuimos muy simbólicos. Tendió en el suelo su chaqueta y ahí: ¡qué sublime! bajo la lluvia. Las gotas rebotaban sobre nuestros cuerpos y resbalaban hacia la tierra.

Dos cucharadas de sal, pimienta, cebolla, chile, cilantro.

Él es el único hombre que he amado. Y pensar que nunca se lo dije. Jamás he vuelto a ser feliz con otro. Reunía todo lo que yo quería: músico, pintor, apasionado, cariñoso, libre. Tenía la forma precisa del beso en los labios. Sus dedos cabían perfectamente en mi hoja. También su árbol, era del tamaño justo. Eso era una explosión incomparable. Lo hacíamos en cualquier lado: en el cine, en mi casa cuando mis padres no estaban, en la escuela de teatro justo en el salón de clase de dramaturgia, en el río, en la hierba. Detrás del ciclorama y de las bambalinas del teatro nacional.

Ya huele, va agarrando consistencia, ¿dónde puse el cilantro?, le hace falta más. Ya es la una de la tarde, quedamos que vendría a las tres.

Cómo me gustaría que fuéramos amantes ahora, sin

compromisos, sin horarios, como hace veinte años. Rentar una habitación para ver el amanecer mientras él me canta "Lucía". "Vuela esta canción para ti Lucía...". Que tocara la quena y que mi piel le sirviera de lienzo.

Creo que este es el último hervor. Saco un poco de sopa en un cucharón y dejo que caiga de nuevo en la olla. Me parece que debe tener una consistencia más espesa.

¿Traerá su guitarra? Se va a asombrar, pues durante su ausencia aprendí a tocar las canciones con las que nos enamoramos. También tomé clases de arte. Lo voy a dibujar como siempre deseé. No quise convertirme en él, pero también aprendí a tocar la quena. Ojalá él haya aprendido a escribir. Era algo extraño, lo admito, solamente una vez me llevó a su casa. Ahí estaba su padre, los dos solo se cruzaron una palabra: "hola". Luego bajamos unas gradas y me llevó a su cuarto. Creo que tenía un hermano mayor, solo lo vi una vez. Me comentó que su madre los abandonó de niños, su padre era alcohólico y desde pequeños buscaron maneras y mañas para subsistir.

Este sí es el último hervor. La voy a probar. No sabe igual a la sopa del restaurante. Hago memoria: pulpo, jaibas, camarones, caracol, pescado, pimienta, sal, cilantro... ¡ah, falta la leche de coco! Y dónde consigo coco a esta hora, sin él la sopa no sirve, no funciona. Tengo que abrir el coco, sacarle el agua, partirlo, despegar la pulpa de la concha, rasparlo, ponerlo en una olla, echarle agua hirviendo y sacarle la leche para la sopa, luego ponerle un poco del rallado. ¡Caramba! Dos de la tarde. Hacerlo así me tomaría demasiado tiempo. Vuelvo en unos minutos. Voy a comprar leche de coco en lata.

A veces tomaba alcohol como su padre, se deprimía, me decía que no quería tener hijos. Solo quería amarme a mí. Yo no podía entender eso. Es que me contaba su vida a pedazos. Un día me dijo que había sido ultrajado de niño. Sí, lo recuerdo claramente.

Tengo que buscar un abrelatas, ahora sí, hecho toda la leche en la sopa, revuelvo, espero que se cocine un poco más, que todo agarre el sabor a coco. Voy a preparar la mesa.

Fuimos unos vagabundos. Él no quería formalizar la relación. Cada vez que se tocaba el punto se iba de mi lado, no importaba el lugar donde estuviéramos, a veces salía corriendo y yo me quedaba sola. Pero eso ya pasó, ahora ha de ser un hombre maduro. Eso espero.

Voy a poner el mantel verde, su color preferido. Flores amarillas en un florero de vidrio. ¡Qué hermosos se ven los tallos con el agua fresca! Seguro le gustarán. Coloco los platos secos abajo y los hondos sobre los secos, una cuchara y un cubierto, servilletas, sal y salsa picante.

Siempre comimos en mesas redondas. La mía es cuadrada, tal vez no se molesta, no le gusta lo cuadrado. ¿De qué lado lo siento? ¿De frente o a contraluz? Quiero verlo bien, me encantan sus ojos color café claro y sus manos tan finas. Lo sentaré frente a la luz, y yo a contraluz para esconder algunos estragos de la edad.

Tengo un comedor de cuatro sillas, pero solamente voy a poner dos: una para él y la otra para mí. Regreso rápido a mover la sopa, antes de que se pegue en el fondo y se ahúme, eso no me lo perdonaría nunca. Es la primera vez que le cocino.

Creo que no pudo con la responsabilidad de tener una familia. No. Creo que no tiene familia. Debe de vivir solo y ahora se acordó de mí, porque sabe que lo espero. A veces no lo entendía, pero me bastaba con tenerlo. ¿Seguirá usando su boina? Me encantaba ese aire de artista que le daba, combinaba con sus suéteres de botones.

El hacer la sopa me hizo sudar. Voy a darme unos retoques en la cara, echarme perfume, cepillarme también. Estoy nerviosa, me tiembla todo, debo tomar un calmante.

¿Cómo soy ahora frente al espejo?, se preguntará él lo mismo. Esta es la realidad: el reflejo. Fue esa vez, sí, cuando de repente se levantó de la cama. Yo estaba frente a un pequeño espejo acicalando mi cabello con mis manos como lo hago ahora. Me haló, me tiró en la cama y trató de sofocarme. Como pude lo empujé con mis piernas. Estábamos desnudos en ese cuarto del motel que nos gustaba. Cayó hacia atrás y se golpeó la espalda en una silla. Se levantó y me golpeó la cara. Sí, eso fue, me golpeó la cara tan fuerte que sangré de la nariz. Luego me abrazó y llorando me pidió disculpas. No sabía por qué lo había hecho. Terminamos haciendo el amor y contemplando el amanecer.

Faltan unos minutos, voy a sacar la sopa para que cuando entre ya esté servida, así platicamos más relajados. Espero no quemarme, esta olla está sumamente caliente.

Otra vez trató de tirarme del balcón del cuarto del *boarding house*. Yo me agarré fuerte. Estaba de frente, me dolían los brazos de la fuerza que hacía para no soltarme. Le pegué con mi cabeza en su cara, se retiró un instante y me deslicé hacia abajo. Como no pudo lanzarme, comenzó a patearme. Me hice un ovillo para protegerme de sus golpes. Después de un rato, se acostó a mi lado, lloró y repitió, como en la ocasión pasada, que no sabía por qué lo hacía. Mi cuerpo quedó lleno de moretones. Nuevamente terminamos haciendo el amor como locos.

Suena el timbre, debo esperar un tiempo para que no piense que estoy desesperada. Ahora voy. ¡Sí, estoy desesperada! La sopa está servida. Todo es perfecto: el vino en la nevera, las copas limpias, velas para la noche. Mi cuerpo tiembla. Mi mano está en el picaporte, lo hago girar lentamente.

El gran momento ha llegado. Mi corazón palpita a cien pulsaciones por minuto. Sin embargo trato de mantener la calma y, tras un largo suspiro, abro la puerta. Al verlo, me sorprende de manera abrupta cuánto ha envejecido y, por un momento, me cuesta creer que sea el mismo.

Él entra y me saluda como si no fuéramos más que unos viejos amigos. Siento cierta desilusión, pero no permito que se rompan mis expectativas. Recupero el entusiasmo y lo invito a pasar a la mesa. Me dirijo a la cocina para sacar la botella de vino de la nevera. Quizás hagamos un brindis en honor a nuestros recuerdos. Él me pide una cerveza, devolviéndome a la realidad. Adiós al brindis. Se la sirvo y bebe la mitad de un solo trago. Me pregunta cómo he estado y, aunque ya había anticipado esa pregunta, no sé qué decir, no puedo resumir en una sola frase todas las emociones que he experimentado durante tantos años, así que me limito a responderle: "bien".

Tomamos asiento, frente a frente, como la pareja que siempre fuimos, como un par de amantes que nunca debieron separarse. Hay tantas cosas que quisiera decirle, como por ejemplo que a pesar de que sus labios se han afinado con los años siguen teniendo la forma de un beso. Tal vez de un beso rápido, dado en un descuido, pero de un beso al fin y al cabo.

Él mira la sopa con cierta indiferencia y las dudas me asaltan. Parece adivinar mis pensamientos y sonríe, luego se lleva la cuchara llena a la boca y con un sorbo sonoro prueba la sopa. Lo veo con detenimiento, presto atención a cada detalle de sus facciones, pero su semblante se mantiene impasible. Le pregunto si le ha gustado. Se encoge de hombros y me pide otra cerveza. Cuando regreso de la cocina noto que no ha seguido comiendo. Le pregunto qué ha sido de su vida, disimulando mi inquietud.

Mi corazón se agita y apenas puedo controlar el temblor en mis manos. Estoy segura de que me dirá que su vida ha sido vacía así como lo ha sido la mía. Me dirá que no ha habido una sola noche en la que no haya pensado en mí.

Su rostro se ilumina antes de contestarme y, como si hubiera preparado un discurso, empieza a enumerar con lujo de detalles todos sus logros laborales, sus viajes, su consagración artística e, incluso, sus conquistas amorosas.

Cada palabra es como un golpe. No es la desilusión

de que no haya pensado en mí lo que me angustia, sino la confirmación de que ha tenido una vida mejor que la mía, ajena a mí, y me enfurezco conmigo misma al reconocer que mi vida ha sido insignificante desde su ausencia, y que mi único sustento ha sido su recuerdo.

Lo interrumpo, preguntándole si le ha gustado la sopa. "Está riquísima", me dice, pero sé que miente. Apenas la ha probado, seguramente no es lo que esperaba, y me pregunto en qué he fallado, si he seguido la receta al pie de la letra. Me pide una cerveza, el gesto que hace es como si deseara quitarse el mal sabor de boca. Le digo que se han acabado. Luego de un incómodo silencio mira su reloj con impaciencia y al cabo de unos minutos inventa una excusa para marcharse.

Comprendo, al borde de las lágrimas, que no le ha gustado la sopa, que aún me desprecia, que nunca me ha amado. No importa lo que haga, ningún sacrificio, ni el suplicio diario, nada de eso le interesa, porque yo nunca he sido suficiente para él. Y la ira acumulada durante todos estos años contra la vida, contra las desavenencias del destino, a causa de mi desgracia, por el tiempo perdido, se precipita, fluye y se desborda, incontenible.

"Maldito engreído, no te vas a ir hasta que te terminés la sopa", le digo con indignación, y no puedo creer que lo haya expresado en voz alta. Él me mira sorprendido, atónito, y, por un momento, sin palabras. Comienzo a gritar. Le recrimino por todo el daño que me ha hecho, por el dolor que me ha causado, por hacerme sentir culpable cuando era obvio que él había sido el único responsable de mi desdicha. Lo insulto con todos los improperios que conozco e invento algunos al calor de la indignación y, cuando ya no me quedan argumentos, le lanzo cosas. Él me sujeta de los brazos y me llama loca. Yo intento luchar, pero sin que sepa cómo ha sucedido: nuestros labios ya se han fundido en un beso. Salimos al balcón. Él me sigue llamando loca, ya no como un insulto, sino como un apodo cariñoso.

Lo abrazo con fuerza, como si quisiera retenerlo a mi lado para siempre. Él empieza a asustarse. No lo suelto, no voy a hacerlo. Lentamente me acerco a la baranda del balcón. Es bastante baja. Me he precipitado sobre él. Caigo. Caemos. En la caída, ya no tengo miedo ni dudas.

México, D.F. 2004

Enigma del gato ciego

I

"Él me mira desde el fondo, estoy segura de que esa mirada es para mí. Está recostado en la cama con una mujer. Son sus últimos instantes de vida. ¿Será por eso que me perturba su mirada? Es un cuarto pequeño y sombrío, las cortinas del fondo parecen fluir de abajo hacia arriba como una ascendente cascada de encajes y flores estampadas. La cama es pequeña, apenas caben ellos dos. Pareciera que nunca han dormido ahí y que el hombre solamente quiere morir en ella. La mujer con su pelo corto y ondulado tiene los brazos extendidos con rigidez; debería de abrazarlo porque se encuentra en sus últimas horas de vida".

El teléfono sonó con insistencia. Sofía se percató de ello hasta que la persona que estaba del otro lado de la línea intentó de nuevo la llamada. Colocó en su lugar la fotografía que estaba observando y contestó.

—Sofía, soy Roberto. ¿Cómo estás? Te estoy esperando en la puerta de la galería hace un rato.

—Perdoname Roberto, esperame un ratito más por favor.

A pesar de la prisa decidió caminar hasta la galería para aclarar un poco su mente.

—Ya estoy aquí —dijo.

—Ya era hora —expresó Roberto— la directora debe de estar molesta.

—¿Por qué? —respondió ella— nosotros vamos a pagar el alquiler de la galería.

Cuando entraron la directora estaba inclinada sobre su escritorio revisando su agenda, la cual hizo a un lado, mientras se acomodaba los lentes con un gesto afectado. Primero se dirigió a Roberto extendiéndole la mano. Cuando sintió el apretón dejó que sus labios plasmaran una débil sonrisa, que fue perdiéndose lentamente cuando fijó su mirada en Sofía. Ella no se había vestido correctamente para la ocasión.

—He observando las fotografías de sus cuadros —dijo— al momento que extendía la mano para traer hacia ella el portafolio donde las guardaba. —Debo admitir que son unos cuadros muy peculiares.

Sofía volteó a ver a Roberto con una cara de desconcierto.

—Sí —dijo.

—Pero no sé si sus cuadros sean del agrado de las personas que visitan esta galería, debo evaluarlo muy bien, pues está en juego nuestro prestigio. La mujer se quitó los lentes y los colocó sobre las fotografías. Luego entrelazó sus manos sobre el escritorio y se inclinó en dirección a Sofía.

—Podría decirme, ¿de dónde proviene su inspiración?

Sofía inmediatamente imaginó su casa y todo lo que tenía que hacer para iluminarla por medio de espejos.

Colocaba varios en diferentes posiciones y direcciones con el fin de reflejar y multiplicar un rayo de luz que se filtraba por una ventana.

—Supongo que de lo que me rodea —contestó— es la luz que refleja la luz, los espejos me reflejan a mí pintando, atravieso la luz con los pinceles, eso es lo que yo pinto: reflejos. Todos somos un reflejo de lo que queremos ser por eso nos vemos al espejo. Lo que yo estoy viendo de usted ahora, no es lo mismo que usted ve reflejado en el espejo cuando se levanta, sobre todo si hay un rayo de luz que atraviese ese espejo.

La mujer se reclinó en su asiento. La tensión en su cuello era cada vez más evidente.

—Les agradezco que hayan venido —dijo—. Les deseo buena suerte.

Roberto se levantó con brusquedad, al hacerlo arrastró hacia atrás la silla que produjo un desagradable chasquido. Sofía, salió primero.

Afuera hacía calor, se refugiaron bajo el baile de sombras que provocaban los árboles.

—¿Qué fue lo que dije para que se molestara tanto? —acercó su cara a Roberto— pero el ruido del tráfico ahogó sus palabras.

—¿Es que no podés pintar otra cosa que no sean trompos bailando en el vacío?

—No es el vacío —le reprochó Sofía— es el espacio.

—Bueno está bien, pero pintar siempre esa variedad de trompos.

Cuando llegaron a la casa Sofía dijo:

—Hay que cuidar que Argos no se salga, y volvió a ver hacia ambos lados.

—¿Y quién es Argos? —preguntó.

—El gato de la casa, ya estaba aquí cuando la alquilamos. Es ciego y puede perderse si se sale.

—¿Qué significa Argos?

—Significa el que vigila, el que observa, el que está atento, alerta y preparado. Qué te parece, no es insólito o absurdo que un gato ciego se llame así.

El portón se cerró por su propio peso. Roberto entró en la casa detrás de Sofía. Adentro solamente se veía un haz de luz que penetraba por una ventana. Miles de diminutas motas de polvo se revolvieron cuando Sofía lo atravesó.

—Mirá —le dijo a Roberto— así bailan los trompos en mis cuadros.

Sofía avanzó entre la oscuridad con naturalidad, sin toparse con ningún obstáculo y fue a su habitación a dejar la carpeta. Cuando salió, Roberto la vio caminado como un alto reflejo que venía hacia él.

—No te asustés —dijo Sofía— soy yo y dos espejos.

—Si querés más luz puedo colocar más —le dijo.

—Así está bien.

—Mi madre no debe de tardar, hoy es viernes y regresará temprano —dijo ella— te propongo que comamos juntos. Vení, vamos a la sala —le dijo a Roberto.

Una vez ahí le mostró la fotografía.

—¿Cómo la obtuviste?

—Cuando llegamos ya estaba aquí —respondió Sofía.

Roberto se acercó lentamente a la fotografía y acarició la superficie.

—Parece que fuera una pintura.

—Parece que fuera muchas cosas.

La madre de Sofía entró en silencio y dijo dirigiéndose a él:

—Ya lo atrapó a usted también.

—Tiene razón, es una foto extraña —respondió Roberto.

Sofía corrió como una niña a saludar a su madre con un beso en la mejilla.

—¿Cómo te fue en la galería? —preguntó expectante.

—No les gustan los trompos —respondió.

II

Esa mañana Sofía se había quedado dormida en el canapé.

—¿Cómo entraste?

Despertó un poco asustada.

—El portón estaba abierto y la puerta no tenía llave —dijo Roberto—. ¿Cómo has estado? —la saludó con un beso en los labios—. Creo que anoche soñé con Argos —agregó él.

Sofía lo vio fijamente a los ojos, sin entender nada.

—¿Argos?

—Sí —dijo él— la realidad de lo que pintas.

El sol comenzaba a dejarse ver por sobre el marco de la ventana.

—Mirá —dijo Sofía— ya viene, hay que poner los espejos, vení.

Roberto la siguió hacia otro cuarto en el que guardaba sus pinturas.

—¿Por qué guardás las pinturas con los espejos?

—Porque son lo mismo —respondió Sofía— mientras rodeaba con sus brazos dos espejos y los trasladaba a la sala.

Los espejos tenían forma ovalada. Sofía se perdía detrás de ellos.

—Esperá, Roberto, ahorita te digo cómo hay que colocarlos, todo tiene su lógica.

—Está bien, vos sos la experta.

—La experta en espejismos —añadió—. Hoy quiero iluminar toda la casa, qué te parece si vas por otros dos.

El último espejo que colocó lanzó una saeta de luz que atravesó el delicado cuerpo de Sofía. La diminuta cintura no tenía comparación, pero parecía la ribera de un sosegado río que daba vueltas y vueltas a través de un templado bosque. Sofía giró y colocó sus manos sobre el alfeizar de la ventana. La luz de los espejos se fragmentó en cientos de rayos que anegaron la casa, parecían fuego que salía de su cuerpo. La estancia se volvió un calidoscopio gigante y cada cristal que alimentaba a las formas se transformaba en el cuerpo de Sofía.

—Esto es la luz y yo estoy en medio de ella —dijo Sofía antes de voltearse y caminar hacia Roberto.

—No —respondió él— vos sos la luz.

—No, la luz son millones de partículas que viajan a trescientos mil kilómetros por segundo y yo soy un simple pedazo de materia.

Roberto bajó la cara y sonrió con tristeza. Casi pudo escuchar el cristalino sonido de la magia al romperse.

—¿Te parece bien si mientras yo me baño, te dejo a solas con la fotografía?

Roberto asintió e inmediatamente se dirigió a la pared donde se encontraba la fotografía. Ahora la luz dejaba ver en detalle todo lo que estaba atrapado en ella.

"La imagen de la mujer mira a alguien más, puede ser alguien que atraviesa el pasillo. En la pared tras sus cabezas se reflejan unas sombras, no están solos, creo que están rodeados de personas. Puede ser el cuarto de un hospital, ataviado con cosas personales para dar la impresión de que están en su hogar. Quizás ella observa al médico que atraviesa el pasillo trayendo los resultados de algún examen y lo espera creyendo que habrá buenas noticias, por eso sus labios dibujan una media sonrisa".

Sofía salió del baño. Roberto se percató de su presencia. La observó mientras avanzaba. La luz de los espejos atravesaba su cuerpo desnudo. Roberto no pensaba absolutamente en nada, solo avanzaba en medio de los reflejos que emanaban del cuerpo de Sofía, embriagado por la luz, suspendido por la luz y hacia la luz. Ella se dirigió hacia su cuarto, se acostó boca arriba con los ojos cerrados, esperando a Roberto y no volvió a abrirlos hasta que creyó sentir la densidad del otro cuerpo.

Ella comenzó a susurrarle al oído. La luz llevó su reflejo a los espejos y de repente era como si remontaran la luz misma.

III

Tomaron sus ropas, se vistieron y se recostaron sobre la cama. Roberto retomó el tema de la fotografía

—Lo que no entiendo —dijo— es que si él es el que se va del mundo, ¿por qué lleva zapatos?, ¿por qué está vestido como si se preparara para salir?

—Porque está muriendo —le respondió Sofía— y quiso quedarse vestido para que ella no se tomara el costo de hacerlo después de morir.

—¿Qué es lo que hay debajo de la sábana amarilla? —preguntó Roberto y al mismo tiempo contestó —tal vez sea un bebé porque sobresale un gorro azul

—Es un varón —afirmó Sofía con seguridad.

—¿Cómo sabés que es un varón?

—Porque lleva un gorro azul.

—Pero puede ser una niña, a la cual le pusieron un gorro azul, acordate de tus cuadros, uno no está seguro realmente de lo que ve, o cree ver cosas que no son.

—Por ejemplo las personas de esa fotografía, puede ser que no sean realmente ellas sino nosotros o los que la habían visto antes.

Roberto se levantó de la cama y se dirigió hacia la cocina porque tenía hambre.

Sofía se quedó meditando esas últimas palabras que le hacían pequeños remolinos en su cabeza.

En la cocina buscó algo para comer. Mientras lo hacía

observó que debajo del frutero había una nota dirigida a él. El encabezado decía: "Querido reflejo de Roberto". Éste dejó de comer y puso la hoja de papel sobre la mesa, estirándola para deshacer los dobleces que interrumpían su lectura.

"Yo soy un reflejo de mi madre, aunque a veces me pongo a pensar seriamente que ella puede ser a su vez el reflejo de alguien más. También vos podés ser tan solo un reflejo. Quizás yo solamente sea ese hilo delicado de viento fresco que penetra ahora por la ventana y te recorre la piel. Vos te estremecés, sentís escalofríos y te acomodás nuevamente en la silla para continuar leyendo. Tal vez sea el sabor de la leche que dejaste a un lado para leer esta nota o las semillas de ajonjolí que bordean las orillas del pan que comés. Vos podrías ser la imagen de aquella mujer de la galería que se retorcía en su sillón de cuero. Probablemente tenés razón y somos la pareja de la fotografía aunque no podamos reconocernos en ellos. Pero te puedo asegurar que somos los que están al otro lado y que son ellos los que se preguntan quiénes somos nosotros. Por eso dirigen la mirada en ambas direcciones, y es que hacía donde miremos la realidad será diferente. Si mirás hacia los lados cuando estás solo es diferente a cuando volvés a ver y hay alguien ya, ocupando ese lugar. Las cosas tienen otro borde."

Roberto se vio caminado por el pasillo con la nota en la mano, quería que Sofía le explicara algo. Abrió la puerta de la habitación. Sobre la cama había dos cuerpos sin vida. Sus rostros estaban cubiertos por sábanas, retiró el extremo que los cubría, respirando profundamente para evitar que lo invadiera el pánico y vio que la mujer que estaba al lado del hombre era Sofía. En medio de las sábanas algo se movía. Era una pequeña figura. Levantó el otro extremo, sin poder controlar el temblor de sus manos.

—Hola, soy Argos —le dijo la figura de un gato con un gorro azul que le cubría la cabeza.

Los gritos de Roberto atravesaron los rayos de luz y rebotaron en cada uno de los espejos. Cuando logró llegar a la sala vio su cuerpo reflejado cientos de veces.

—El almuerzo está listo —dijo Sofía abriendo la puerta de la cocina, detrás de ella su madre traía la comida en una bandeja.

—Conseguí una entrevista para hoy, es en la galería de un viejo amigo, así que coman, descansan un rato y luego se van. Estoy segura que esta vez si vas a poder exponer tus pinturas —dijo su madre dirigiéndose a Sofía.

—Yo también —dijo ésta.

IV

Cuando caminaban hacia el centro de la ciudad, ella le tomó la mano. Él se la apretó con ternura, pero sabía que se enfrentaba a un trompo gigantesco que bailaba solo en el espacio.

—¿Qué te parece si nos deshacemos de la fotografía? —le dijo Roberto con la timidez de un niño que está confesando una falta.

—No sé, mi madre se divierte mucho conversando sobre ella y yo también.

—Bueno, es tu decisión —respondió él.

—Si alguna vez nos vamos a vivir juntos, podemos adoptar un gato.

—Está bien —aceptó Roberto— siempre y cuando dejés la fotografía con tu madre.

—¿Y los espejos? —preguntó Sofía.

Roberto volvió a sentir el mismo estremecimiento que le recorrió la piel al levantar las sábanas y no dijo nada.

México, D.F. 2004

Proyecto amante

Me enviarán al correo alrededor de las 10:00 a.m. Seguramente no habrá correspondencia. Antes de llegar al apartado 870 asignado a Proyecto Amante, probaré la llave en el número 50. Sé que algún día he de terminar y encontrar algo que me sosiegue. Para no perder tiempo entraré por la puerta trasera del edificio y cuando termine saldré por la puerta principal para observar a las recepcionistas acariciar las estampillas. Ojalá me enviaran a depositar alguna carta, el viaje sería más interesante, tendría más sentido esta vida: pegar sellos postales delicada y cuidadosamente sin lastimarlos para que lleguen intactos a manos de personas que ni siquiera conozco, no lo hace cualquiera.

Me gusta mucho la recepcionista número cinco, no es que sea hermosa, al contrario, solamente a alguien como yo podría encantarle, y tal vez a sus nietos, si los tiene, o quizás viva sola en una colonia marginal de la capital, de esas que les nombran 15 de junio, 17 de marzo, 20 de noviembre, qué sé yo, para no complicarse la vida pensando un poco en buscar un nombre decente.

A mí no me gusta llenar las estampillas de saliva, es obsceno pasarles la lengua. Con cuidado las lleno de pegamento, las pego y luego dejo deslizar la carta por la abertura de la pared, ¿interior o exterior? Depende, después se escucha un roce, cae sobre otros cientos de cartas que desearía abrir en este momento. Me quedo un rato de pie frente a la pared esperando escuchar alguna voz, un murmullo, algo que me llame del interior, pero aún no sucede.

Ahora recojo esta basura, el jefe debe de estar por llegar. Como siempre lo primero que ve es el piso, si brilla como a él le gusta me saluda amablemente, si está opaco ni siquiera me vuelve a ver y sube las gradas, tratando de hacerme sentir insignificante; cuando llega al escritorio llama a Sandra, la secretaria, y le pide que apunte en una libreta que el día de hoy encontró el piso opaco. Sandra me llama con esa voz chillona y coqueta que tiene y me da una copia de lo apuntado, luego sonríe y me dice "El jefe es el jefe" y se marcha moviendo el trasero como pata y graznando con los tacones de sus zapatos. Ahora llevo la escoba y el trapeador al baño del segundo piso, siempre deben estar detrás de la puerta, en la oscuridad, para que nadie los vea, eso es lo que me repite todos los días María Luisa, la administradora, que aún no ha venido, no ha de tardar, siempre es la última en llegar y yo soy el primero, a las seis de la mañana estoy aquí, para que a las ocho todos pongan sus traseros en las sillas olorosas. Las cosas limpias y relucientes a veces me hablan, yo las he escuchado. Por la tarde cuando salgo de trabajar quedan llorando llenas de huellas honestas y deshonestas, por eso me quieren y me cuentan sus secretos, se pegan a mis manos y algunas se marchan conmigo a casa; lo único que hago es salvarlas de la gente y la rutina. Ahí viene el jefe.

—¡Buenos días, Aníbal!, hoy metió gol.

Su estruendosa voz se escucha en todo el edificio.

Pasa a mi lado y vuelve a sonreír, sube las gradas con ese caminado amanerado que tiene. Sigo al imbécil con la mirada. "Hoy metió gol", qué frase tan linda irá diciendo, si supiera que no me gusta el fútbol.

Está gritando la pata, debería subir corriendo, pero voy a esperar que venga a llamarme, que traiga el dinero aquí, que baje las gradas y me diga "por favor, Aníbal, vaya cómpreme lo mismo de siempre": "un emparedado y un jugo de naranja", yo sonreiré, tomaré el dinero y saldré a la calle con la cara apretada de la cólera, al regreso tocaré la puerta, fingiré que dejé olvidada la llave, ella aparecerá por el balcón, "aquí van las mías", dirá. También fingiré que no puedo abrir la puerta, entonces bajará, me abrirá, le daré el encargo y las llaves, dirá gracias hipócritamente y se marchará graznando hacia su escritorio.

La calle Lempira desciende hacia la ciudad. Caminar hacia abajo es relajante. El edificio donde trabajo está ubicado en su cima, allí entre varias casas de estilo colonial emerge un rótulo que dice: "Proyecto Amante: la solución a sus problemas sexuales". Bien podría aparecer cualquier otro rótulo que no hiciera pensar en sexo. Pienso que si me fuera volando en línea recta hacia la izquierda, de espaldas al norte, llegaría más rápido y descendería justo en el portón trasero del edificio de correos, trataría de ser extremadamente persuasivo para que nadie me viera y se asustara, además me sentiría muy bien si lo hiciera. Cada vez que vuelo me siento liviano, limpio, sin embargo, no puedo hacerlo porque desde el balcón del jefe se divisan todas las calles que llevan al correo, y él me vigila con sus binoculares. Por otro lado, podría ir rugiéndole a la gente indiscreta que me desnuda con la mirada cuando camino. Nadie espera un rugido tremendo que los lance al suelo, mucho menos de un simple y miserable hombre como yo. Está lloviznando, el jefe no podrá ver bien desde el balcón, seguramente enojado ha guardado sus binoculares. En este instante se acerca adonde Sandra haciéndose el machito, le guiña un ojo, Sandra piensa que esta vez será la definitiva, que esta vez sí se lo dará. Ella no cabe en el asiento, comienza a elevarse, su cabeza topa con el techo, hasta que ya no soporta más la presión que la atraganta. Entonces ríe, llora, dice mamá, papá, palabras, pujidos, quejidos, otros muchos sonidos incomprensibles. El jefe le pide una taza de café. Sandra comienza a descender como avión en picada, cuando cae al suelo, se levanta de un salto, hace graznar sus tacones alrededor del escritorio desesperadamente y comienza a preparar el enemigo que se interpone entre ella y su jefe: la taza de café.

Camino con un paso extremadamente largo y apresurado, siempre lo he hecho así, me gusta mucho la rapidez, rapidez para escribir una carta, rapidez para comer, rapidez para ser paciente, rapidez para hacer el amor, rapidez para todo, en especial para cosas tan importantes como estas. La gente me observa, con lástima, con curiosidad, con desconfianza, por eso les rujo. Siempre trato de hacerlo lo más discretamente posible para no llamar mucho la atención. Desde aquí puedo ver el edificio del correo, está lleno de capitalinos, turistas, vendedores. Bordearé su base y entraré por la puerta trasera, los pasillos parecen estar un poco despejados, eso es bueno porque actúo con mayor soltura y seguridad al insertar la llave, todo será fácil este día, primero en una casilla, luego en otra y en otra hasta que haya pasado el tiempo suficiente para regresar al trabajo y que nadie sospeche nada. Por último, revisaré el apartado postal de Proyecto Amante, total casi nunca llega algo importante que venza mis ganas de saber qué es lo que dicen, qué es lo que encierran esas cartas.

Subo las gradas de madera, acaricio su textura, nadie se detiene a observarlas, solamente las pisan de subida y de bajada. Al fondo del pasillo de madera está la sección de apartados postales, casillas con puertecillas de metal dan la apariencia de seguridad, individualidad, pero es falso, todo es un orden ficticio para engañar a las personas y que se sientan importantes de decir "mi apartado postal es el 248", "el mío es 456"; para ser dueños del delirio numérico pagan un alquiler que solamente yo disfruto, es como si todo este enjambre de números fuera mío. Detrás de esta ilusión de ordenamiento numérico solamente hay huecos expuestos a las manos de los trabajadores: muchas manos tocan la correspondencia, la huelen, la sopesan y la violan. Dentro no hay seguridad, es doloroso, las cartas están expuestas a enfermedades, vocabularios obscenos, restos de comida, malos olores, perfumes baratos, gases, eructos, mal aliento y deleznables cosas que solo yo sé.

Cruzo el pasillo, una mujer se aproxima, viene en dirección opuesta a la mía, o va, no lo sé, viene y va es lo mismo, llega a mi lado, se para y me mira como a las demás personas, ¿esto es común?, me mira y me mira, qué mirada tan inquisitiva. Soy un simple conserje-aseador y vivo en el barrio La Plazuela del centro de Tegucigalpa, casa 205. No tengo teléfono, soy soltero, esquizofrénico, maníaco-depresivo. ¡Ufff! ¡Cuántas cosas me saca esa mirada, esos ojos de tigre de bengala! Parece que me quitara la ropa, ¡qué vergüenza!: me ha desnudado. Ahora está a punto de tocarme, me ha tocado el hombro.

—¡Buenos días!, ¿no cree que hace un día hermoso hoy?

¿Un día hermoso?, ¡claro!, ¡claro!, ¡claro!, pensé que solamente a mí me gustaban estos días detestables, tristes, desesperantes, brumosos, asquerosos, pegajosos. Me he quedado estático, completamente desnudo, con un rugido en mi pecho que quiere estallar. Ahora se aleja tranquilamente, ¡qué espléndido!, ¡qué bello!, ¡qué formidable!, no hace graznar sus tacones como Sandra, su cuerpo es ligero, parece que no existiera. Mi mirada la sigue y se va tras ella, quedo completamente ciego. Sin querer, mis labios se despliegan hacia los lados, es una sonrisa enorme y profunda, seguramente me veo como un ángel. El pasillo se distorsiona, su materia se retuerce, varias personas al fondo se estiran, se encogen, explotan, desaparecen. Las casillas se abren y se cierran locamente dejando salir de su fondo lo que yo he querido ver: la palabra, la palabra que ahora puedo leer en el aire. La palabra ha escapado: el último deseo de un suicida se adhiere al techo para lanzarse. Declaraciones de amor, palabras de amores lejanos, palabras de amantes locos, insultos inesperados, recuerdos de jardines, de playas, de besos, de madres, de hijos. ¡Cuántas cosas se dicen los hombres y las mujeres!, ¡cuánta cosa escondida ha volado!, ¡cuánta cosa inesperada!, es como si hubiera leído todos los libros del mundo. El techo se ha llenado de palabras, mi vida se ha llenado de palabras. Nadie lo sabe, solamente yo, yo, un maldito conserje-aseador que quizás ha podido leer el corazón del mundo.

Subo cobardemente apoderado de un paso atontado que no es digno de mí, de mi corazón, de mis pulmones o de mis piernas. Es un paso cansado propio de otro hombre, o de una mujer que no conozco, de otro corazón que quiere latir sin compromiso. Me dirijo hacia allá, hacia Proyecto Amante, pero ¿qué saben ellos de amor si no conocen la palabra, si nunca la han visto volar por los aires, penetrar por la nariz y los oídos, sentirla explotar en las venas y en el corazón? ¿Adónde voy entonces con mis espinas?, ¿quién querrá darle trabajo a un hombre convertido en vocal? Camino lleno de significados. Las cartas vuelan en mi memoria, coletean como tiburones, sus esquinas se asoman a mi frente, la palabra me chorrea por los poros: es un hilo continuo de pensamientos ajenos pero míos, míos ahora como mis hijos. Aquí voy, seguramente ya casi son las tres de la tarde, el jefe debe de estar enojado, ¿qué decirle de la correspondencia que esperaba? Toda voló hacia mi interior, podría recitarla, narrarla fácilmente, pero pensará que estoy completamente loco y no es así, soy un hombre serio, trabajador. Ya estaré despedido sin duda, ¿qué me queda?, ¿volar como las palabras?, ¿qué dirán mañana las cosas?, ¿quién las limpiará para que pongan sobre ellas sus sucios traseros?, ¿quién?, ¿quién?

Tegucigalpa, Honduras, 1989.

59

El hombrecito

Humberto llegó cansado de trabajar. Eran las siete de la noche. Cuando abrió la puerta, el silencio que aguardaba en la casa escapó hacia la calle. Pensó que Clara y sus hijos habían salido a dar un paseo por el barrio. Mientras los esperaba, tomó la decisión de recostarse un momento sobre la cama, pero después de un largo día de trabajo se quedó profundamente dormido. Cuando Clara regresó le quitó las botas y lo tapó con una sábana descolorida. Humberto tenía un semblante sereno, por eso lo dejó dormir. En la cocina preparó y repartió la cena a los niños. Prefirió esperar a Humberto para cenar juntos. Dos horas después, los niños estaban dormidos tan plácidamente como su padre. Clara colocó una silla frente a la cama donde descansaba su esposo. Lo contempló, contó los años en su rostro, los años que habían pasado juntos, los años en que habían compartido dos hijos, los años en los que por más esfuerzos seguían amparándose bajo techos alquilados.

El frío penetró por las hendiduras de la madera. Aún no comenzaba a llover. Clara se acomodó en la silla, cubrió sus piernas con su larga falda floreada y de inmediato quedó dormida. El hombrecito se tomó la molestia de tocar la puerta, pero nadie atendió. Entró por la ranura más grande que había en la casa, echó un vistazo: a la entrada dos sillas de madera de pino, dos taburetes, un viejo librero donde los niños colocaban sus cuadernos y los libros de lectura que les prestaban en la escuela. Detrás de un biombo que separaba la sala del único dormitorio había dos camas plegables: una donde dormían los niños y la otra donde descansaba su padre. En la cocina: tres sillas verdes de madera, una mesa en forma de tablón que servía para varios usos, un fogón y unas tablas clavadas en una de las paredes para colgar las ollas y poner los trastos, además de algunas herramientas de trabajo. Eso era todo.

El hombrecito comenzó por comerse a Clara. Cuando acabó con ella, continuó con la mesa y las sillas. Brincaba de un lugar a otro de la casa y reía. Fue entonces cuando vio dormir a los niños. Observó con mucho cuidado cómo se movían las órbitas de sus ojos. Seguramente soñaban. No dejó ni siquiera una gota de sangre.

El hombrecito vestido de negro dio un salto y con el golpe de su cabeza hizo un pequeño hueco en el techo de tejas para que la casa se inundara. Junto con la lluvia entró la neblina que lo confundió todo. En medio de la neblina Humberto despertó alterado y mojado. Automáticamente corrió hacia una de las esquinas de la cocina, tomó una pala y una piocha, abrió la puerta y salió. El hombrecito lo siguió de cerca. La zanja estaba llena de lodo y basura. Cavó y cavó. Tenía que sacar el agua de su casa. Se acordó de su familia, pensó: "seguramente están esperando que pase el aguacero en la casa de una vecina". Consideró el hecho de que al regresar su mujer lo regañaría. Siempre le insistía que limpiara la zanja. Se la imaginó parada detrás de él: "Te dije que limpiaras la zanja, que sacaras la tierra que dejan caer los niños y la basura que tiran los vecinos. Te advierto, si llueve fuerte nos vamos a inundar. Te dije que taparas esas ranuras con madera de orilla o con cartón. Un día de estos se nos va meter un animal del monte y nos va a picar a todos, principalmente a los pobres niños que no tienen la culpa de nada". Él nunca hacía caso, por eso ahora estaba apresurado, no dejaba de cavar, pero el lodo volvía a juntarse. El aguacero no mermaba.

El hombrecito comenzó a reír. A pesar del estruendo de la tormenta, Humberto pudo escucharlo. Al verlo quiso echar a correr, pero la urgencia de seguir limpiando era demasiado fuerte. Con cada carcajada, el hombrecito se hinchaba cada vez más. No tardaría mucho en estallar. Humberto se tiró al lodo para taparse. Tras el estallido sintió el olor del cabello de su esposa. Escuchó su voz llamándolo a limpiar la zanja. Escuchó la risa de sus hijos. Cosas viscosas cayeron cerca de su cara, pero en cuestión de segundos todo volvió a juntarse y el hombrecito nuevamente sobre la zanja comenzó a revolver el lodo, riendo sin parar. Humberto se alzó desesperado, quería enfrentársele, pero tenía terror, no sabía cómo atacarlo. Decidió tirar la pala y la piocha, salir corriendo del lugar a buscar a su familia, pero las herramientas se adhirieron a sus manos convirtiéndose en brazos que cavaban y cavaban descontrolados. Parecía una marioneta. Se sentía exhausto. Quería dormir en su cama con su esposa, despertar y volver a la rutina. Quería un día como cualquier otro: salir a las cinco de la mañana, hacer la mezcla para pegar los ladrillos, quería la hora del almuerzo, jugar fútbol con sus compañeros de trabajo y regresar a casa a las siete de la noche cansado, sudoroso, muerto de hambre. Quería que Clara lo recibiera con su alegría, que sus hijos le contaran sobre sus aventuras, pero nada de esto sucedería. El hueco hecho en la zanja se fue haciendo más grande y profundo, sus brazos se alargaban para cavar más hondo, hasta que ya no podían estirarse más. El dolor le fue insoportable. El hueco se inundó completamente. El hombrecito jugaba con su sombrero, lo llenaba de agua y se lo echaba en la cabeza. Cuando vio que el agujero estaba lo suficientemente hondo, estalló en carcajadas más fuertes que las anteriores. Humberto se hundió hasta el fondo.

Luego de unas horas el aguacero desapareció. No quedó nada. El barrio entero se fue por el agujero como se va el agua sucia por un lavabo. El hombrecito se quitó el sombrero para sacudirlo, también sacudió del traje negro algunas gotas de lluvia. Dio un brinco y desapareció entre la apacible neblina de la madrugada.

Tegucigalpa, Honduras, 1989

**UNIÓN
EDITORIAL
CENTROAMERICANA**

Impreso en Estados Unidos
para Casasola LLC
Primera Edición
MMXXI ©

xxviiiximmxxi